나는 나를 괴롭히지 않겠다

나는 나를 괴롭히지 않겠다

진실한 나로부터 솟아나온 이야기

INWARD
INWARD
INWARD

융 푸에블로 지음 * 김우종 옮김

정신세계사

인류가 21세기에 꼭 배워야 할 두 가지 교훈:

남을 괴롭히는 것은 나를 괴롭히는 것이다

나를 돌보는 것은 세상을 돌보는 것이다

"자신의 힘을 되찾으라"
"자신을 돌보라"
"자신을 사랑하라"
"자신을 알라" —
왜 이런 말들을 여기저기서
자주 보게 되는 걸까요

바로 그것들이 자유와 행복으로
향하는 길이기 때문입니다

차 례

distance _____ 거리

내 슬픔과 고통의
무게를 내려놓기 위해
나는 먼저 그것의 존재를
존중해야 했습니다

나는 어떤 대상에
집착했던 것이 아니었어요
내가 집착했던 것은
내가 가진 사랑이 아니라
다른 무언가를 가지고서
내 안의 빈 곳을 채우는 일이었지요

나 자신에게는
사랑을 주지 않고서
남을 사랑하려
노력하는 것은
기초공사 없는
집짓기와 같습니다

삶을 힘들게 만드는 세 가지:

나를 사랑하지 않는 것
성장을 거부하는 것
놓아버리지 못하는 것

상처받는 것이
두려워서가 아니라
감춰둔 고통을
마주하기가 두려워서
나는 너무나 오랫동안
가슴을 닫고 살았습니다

자신을 돌보려면
놓아버릴 수 있으려면
우리 깊숙이
곪아 있는 그곳을
바깥으로
드러내야만 합니다

실제와는 거리가 먼
색색의 가면을 만드는 데
나는 참 많은 시간을 써버렸습니다
옆에 있는 사람들에게 맞추어
내가 연기해온 역할들 말이에요

자신감이 없고
원인 모를 고통에 시달리고
내가 나 자신에게 허락지 아니한 사랑을
남에게서 얻어내려 불쾌함을 감수할 때
내 안의 들썩임을 덮어 감추어준
겉싸개들 말이에요

나는 내 어둠을 피해
달아나기만 했습니다
정작 그 어둠 속에
내 자유가 있음을
깨닫기 전까지요

우리 대부분은 자신을 타인처럼 대하며 지냅니다. 그냥 지켜본 뒤 놓아버리기에는 너무 거슬리는 경험과 생각을 억누르는 데 정신이 팔려, 진실이 무엇인지 왜 이런 느낌이 드는지 알지 못하지요. 우리는 마주하고 싶지 않은 것으로부터, 고통을 느끼게 하는 것으로부터, 정답을 모르는 문제로부터 도망치기만 하는데, 그렇게 자신에게서 멀어질수록 자유로부터도 멀어진다는 것이 우리 마음의 모순이에요.

자신을 있는 그대로 바라보고, 판단하지 않고 정직하게 인정하면, 가슴엔 벽을 치고 마음엔 망상을 일으키는 긴장을 확 풀어버릴 수 있습니다. 그러니 자유의 문을 여는 열쇠는 진정 우리의 어둠 속에 있어요. 안을 향한 알아차림의 빛으로써 그 어둠을 바라볼 때, 에고는 무로 흩어지고 억눌려 있던 것들이 떠오르기 시작하지요.

마음은 그림자들로 가득하지만, 그것들은 지치지 않고 묵묵히 비추는 빛을 결코 이길 수 없습니다. 우리 마음은 하늘의 별들처럼 순수한 빛의 향연이 될 수 있어요. 치유된 마음은 앎과 지혜로 채워진답니다.

자신의 고통을
외면할 때
우리의 성장은 멈춥니다

자신의 고통에
지배당할 때
우리의 성장은 멈춥니다

자유란 고통을 직면하고
놓아버리고
다시 나아가는 것이니까요

그들이 원하는 것이
오직 당신으로 하여금
그들의 기대에
부응하게 하는 것뿐이라면
그건 사랑이 아닙니다

내가 저질렀던
가장 큰 실수는
다른 사람이
내 존재 전부를
속박할 수 있다고
믿어버린 것입니다

당신이 자신을
보호하기 위해
스스로 만든 벽이
당신의 감옥이
되지 않게 하세요

우리가 우리 자신을 어떻게 대하고 돌봐야 할지 모를 때는 바깥세상의 변화들이 큰 시련거리가 되곤 합니다. 아프고 불편할 일들, 우리가 세상에 대해 가져온 관념을 무너뜨릴 일들 앞에서 우리는 그저 도망치는 데 그치지 않고 사방에 벽까지 둘러 그 안에 숨지요. 더 나은 대안이 없다면, 우리 마음과 가슴 속에 세워진 그 벽은 쓸모가 있습니다. 누구나 고통으로부터 자신을 보호할 권리가 있지요. 하지만 그 벽이 과연 우리를 보호하는지 아니면 구속하는지를 주의 깊게 살펴야 합니다. 더 많은 벽을 둘러 세울수록 우리가 성장해갈, 우리가 자유롭게 노닐 공간이 줄어드니까요. 스스로 세운 심리적 장벽 속에 갇혀 있을 때는 비극의 불씨가 될 습관을 버리기가 참 어렵습니다. 활보할 공간이 점점 작아져 같은 자리를 맴도는 악순환에 빠지기 쉽지요.

자신의 내면 깊숙이 들어가보는 연습은 위와 정반대의 존재 상태를 만들어줍니다. 마음의 벽을, 고통을 일으키는 패턴을, 트라우마와 정신적 압박을 해체하고 우리 안에 있는 우주를 발견하게 하지요. 이러한 안으로의 여행, 스스로 세웠던 장벽의 철거는 자연히 더 넓고 신선한 앎으로 이어집니다. 내 안에 더 큰 시공간이 확보되었으니, 바깥세상에서 어떤 일이 벌어지든, 낡은 패턴을 맹목적으로 반복하지 않고 나 스스로 내 반응을 선택할 수 있게 됩니다.

우리가 경험한 감정들은
우리 몸에 저장됩니다

우리가 오랫동안 간직해온
감정들을 풀어놓을
공간을 창조하는 것이
곧 자신을 돌보는 일입니다

심각한 감정들로부터
도망치지 마세요

분노를 존중하세요
고통을 위한 공간을 마련하세요
그것들은 숨을 쉬어야 합니다

놓아버리려면 그래야 합니다

잊지 말기:

몸이 피로하면
마음은 가지고 놀 만한
걱정거리를 만들어낸다

틈틈이 묻기:

나는 이 상황을 있는 그대로
관찰하고 있는가
아니면 이 상황에 대한 나의 느낌을
거기에 투사하고 있는가

딱히 어떤 이유나
악의가 없어도
우리의 감정은
폭발하곤 합니다

왜냐하면 지금
우리는 성장하고,
놓아버리고,
낡은 패턴을 멈춰가고 있거든요
새로운 습관,
새로운 삶의 방식이
자리를 잡을 수 있도록요

때로는 내면에 엄청난 폭풍우가 지나가고야
정신이 화창하게 맑아지곤 합니다

자신을 돌보는 일은 번거롭습니다

나를 있는 그대로 바라보는 것은
심란하고 고된 일이니까요
잠깐이지만 삶의 균형이 깨지기도 하고요

짐을 내려놓고서 나를 한껏 여는 작업은
결코 만만하지 않습니다

몸에 박힌 가시들을 뽑아내는 것과 같아요
처음엔 아플지도 모르지만, 그것이야말로
나에게 해줄 수 있는 최선의 일이에요

비구름 없이는
쑥쑥 자라날 수가 없습니다

옛 연인들에게 보내는 사과:

나는 당신을 올바르게 대할
준비가 되어 있지 않았습니다

나는 사랑의 다른 말이
이타심이라는 사실을 몰랐습니다

내 말과 행동이 내 고통으로부터
나오고 있음을 알지 못했습니다

내가 나 자신에게서
멀어지는 만큼
당신과도 멀어진다는 사실을
그때는 미처 알지 못했습니다

욕정과 집착이
손잡고 함께
찾아올 때,
우리는 그걸 사랑이라고
착각하기 쉽습니다

아프지 않다고
슬프지 않다고
자신에게 타인에게
항변하는 일에
나는 내 삶의 대부분을
소모했습니다

사람들은 한번 바닥을 치고 나서
엄청난 내적 변화를 경험하곤 합니다
그때야 비로소 자신이 진정으로
원하는 것이 확연하게 보이니까요

질문거리들:

나는 나 자신에게 정직한가

나는 나 자신에게 치유의 공간을 허락하고 있는가

나는 스스로 계획한 목표에
제때 이르지 못했어도
나 자신에게 따뜻하고 너그러운가

나는 내가 성장하는 데
필요한 일들을 하고 있는가

에고는

자신을 못 믿어요

자신을 미워해요

늘 불안해요

자기도취에 빠져 있어요

다른 사람을 두려워해요

태도가 거칠어요

조급해요

온정을 베풀지 않아요

착각 속에 있어요

에고는 문제를 봅니다

깨어 있는 의식은 해결책을 봅니다

에고는 남들보다 내가 더 나은, 더 중요한 존재라는
관념 그 이상입니다. 우리가 자신에 대한 신뢰를
잃었을 때, 자신을 깔보고 하찮게 여기기 시작할 때,
마음을 꽁꽁 얼어붙게 하는 두려움으로 제 모습을
바꾸어 나타나니까요.

에고는 우리에게 무시무시한 환각이 덧씌워진 세상을
보여줍니다. 그리하여 우리는 이미 우리 자신에게
그러하듯이, 자연히 다른 사람도 푸대접하게 되지요.

에고는 깨어 있는 의식을 덮어 가리는 구름입니다.
나 자신을 향한 사랑을 키워나갈 때 에고는
물러납니다. 나 자신을 정화하고 마음의 짐을
내려놓을 때 에고는 힘을 잃습니다. 나 자신을 돌봐야
한다고 해서 에고를 미워하라는 말이 아닙니다.
에고가 설정해둔 삶의 제약들에 순종하라는 말도
아니고요. 그냥 에고가 주인 자리에서 내려오게
하세요. 그리하여 깨어 있는 의식이 양껏 제 사랑을
퍼트리게 두면 저절로 지고한 행복, 벅찬 자유,
굳건한 평화가 찾아옵니다.

지금은 에고의 두려움에 지배당했던 세상이 깨어 있는
의식의 사랑으로써 해방되는 시대입니다. 우리의 내적
경험은 전 인류적 변화의 축소판입니다. 이것이 내
안의 사랑을 키우는 것이 곧 지구를 살리는 길인
이유입니다.

당신과
당신의 자유가
떨어져 있는 거리,
딱 그만큼이
당신 에고의
크기입니다

나 자신과도
멀리 떨어져
있는데
무슨 수로
다른 사람에게
다가갈 수 있을까요

우리의 내면에서 벌어지는 일들은
우리의 말과 행동에 담긴 에너지로
무조건 표출되게 되어 있습니다

정직한 태도는 관계를 정상화하고
삶의 격랑을 줄여줍니다

거짓된 태도는 언젠간 해결해야만 할
문제와 단절을 만들어냅니다

성장하고
있지 않을 때
우리 대부분은
고통에 시달립니다

변화가 일어나지 않는 순간은 존재하지 않습니다.
우주 그 자체만이 영원할 뿐 변하지 않는 것은
없지요. 우리 바깥의 세상과 우리 안의 세상 모두에서
명백히 그러합니다.

자연을 둘러보면, 모든 것이 변화무쌍한 동시에
한결같습니다. 나무가 그 대표적인 예입니다. 나무는
채움과 비움을 주기적으로 반복해가면서, 그 모든
순간에 살아 있고 자라나고 있습니다. 성장하기를
거부하는 것은 자연의 흐름을 거스르는 일입니다.
변화를 회피하는 태도는 오직 고통만 키울 뿐입니다.

그 고통과 비교하자면, 성장하기는 때때로 고단하지만
훨씬 수월한 길입니다. 성장 자체가 우리를 더 나은
상태로 이끌어주는 힘이란 뜻이니까요.

변해야겠다는 마음을
품게 만든 것이
슬픔이 내게 준
가장 위대한 선물이었습니다

어지러운 마음에게 속아서
이미 끝나버린 일에 매달리지 마세요

잊지 말기:

나는 사람들을 사랑하면서도
그들이 나에게 고통을 주지
못하게 할 수 있다

자신의 힘을 못 믿는 것이
우리를 고달프게 하는
고통의 가장 흔한 원인입니다

철저하게 무너졌다면
저 깊은 바닥까지
떨 어 졌 다 면
그것은 이제 당신에겐
새로운 존재 상태로
날 아 오 를
일만 남았다는 뜻입니다

union ———————————————— 통합

당신 자신을

충분히 알고 사랑하고자

하는 용기가

바로 당신이

그토록 찾아 헤매온

치유사입니다

이건 하룻밤에 되는
일도 아니고
누군가 대신 해줄 수 있는
일도 아닙니다

내 안에서 자라나는
행복과 사랑을 계측할 사람은
오직 나 자신뿐이니까요

벅차긴 해도
견뎌볼 만한 속도로
계속 걸어감으로써
당신의 성장이
멈추지 않게 하세요

큰 도약의 시기가 코앞에 다가오면
의심하는 마음이 올라오기 쉽습니다
중심을 단단히 잡고
나라는 꽃이 피어나도록 허용하세요

과거를 바꾸는 것은
내 소망이 아니에요

과거 덕분에
지금의 내가 있으니까요

내 유일한 소망은
과거로부터 배워서
새롭게 살아가는 것입니다

놓아버린다는 것은
잊어버린다는 뜻이 아니에요
그저 과거의 에너지를
현재에도 붙잡고 있진
않겠다는 뜻이랍니다

치유는 받아들임으로 시작되고
놓아버림으로 끝이 납니다

한번 찾아온 시련은 우리가 그걸 붙잡고 있는 한
저절로 물러가지 않습니다. 우리가 이미 일어난 일을,
또는 앞으로 일어나길 바라는 상황의 이미지를 붙잡는
데 쓰는 에너지는 동시에 우리의 몸과 마음도
굳어지게 만듭니다. 이것이 우리 안의 긴장, 곧 집착의
원인입니다. 스스로 놓지 않으면 우리는 그 짐을
짊어진 채 과거로부터 현재로, 현재로부터 미래로
여행을 해야 하지요. 그 짐은 심지어 우리가 사라지고
한참이 지날 때까지 우리 자손에게 전해질 수도
있답니다.

치유의 위력은 실로 기적과 같습니다. 우리를
짓누르던 그 에너지를 받아들이고 놓아버리면, 그것이
현재뿐 아니라 과거와 미래 속에서도 흩어지기
때문이지요. 당신의 인생을 기다란 선으로
상상해보세요. 그리고 당신이 짊어진 짐을 인생이란
선 위에 겹쳐진 또 다른 선으로 상상해보세요. 우리가
고통을 놓아버릴 때마다, 겹쳐진 선은 얇아지고 또
얇아집니다. 있던 일이 없던 일로 되진 않지만, 우리
인생 전체를 짓누르던 에너지의 무게는 사라지지요.
아픔과 슬픔의 집착에서 풀려난 과거의 일들은 그저
교훈 거리, 더 큰 자유와 행복과 지혜를 불러들이게
도와준 경험일 뿐입니다.

당신 자신을
또는 이 세상을
더 이상 과거의 방식으로
바라볼 수 없을 정도로
깊은 통찰을 경험하면서
하루가 다르게 성장하는 중이라면

여유를 가지세요
당신이 새로운 존재 상태에
적응하는 데 필요한
시간과 공간을 허락하세요

우리 세상을
깊숙이 치유하기 위해
텅 빈 공 간 을
함께 만들어갑시다

결점이 있단 이유로
자신을 벌하려는 시도가
멈추어질 때
우리는 진정으로 자신이
성장했음을 알 수 있습니다

당신은
불길을 통과하고
홍수에서 살아남고
악마들을 물리쳐
여기까지 왔습니다
자신이 가진 힘에
의심이 생겨날 때면
그 승리를 떠올리세요

그녀는 자기 마음과 가슴의 상처가
영원할 것이라고 믿었지만
지혜는 그녀에게 어떤 고통의 흔적도
영원하진 않다고, 치유되고야 만다고,
그녀 안의 가장 황폐한 구석에서도
사랑이 자라난다고 알려주었습니다

나에게 묻기:

이것은 실재하는 걱정거리인가
그저 내 마음이 붙잡을 것을 찾고 있을 뿐인가

마음은 연속되는 패턴에 불과합니다

자신을 변화시키길 원한다면
새로운 습관을 만들기만 하세요

새로운 습관을 들이는 것이
새로운 삶을 짓는 것입니다

우리의 집착과 고통은
우리 몸 안에
간직되므로,
그것들을 놓아버릴 때
절로 우리의 몸은
변합니다

몸은 살아 있는 에너지장이자 정보 시스템입니다.
삶의 쉼 없는 등락 속에서 우리는 집착, 부담감,
서글픔을 모아들이기 마련입니다. 우리는 그것들을 꽉
껴안아 우리 몸 안에 박아넣는데, 그로써 시스템의
흐름이 막히고 엉킵니다. 이것이 우리가 최선의
상태로 존재하기 어려운 이유입니다. 신체적 증상과
질병은 물론이고 자기 능력에 대한 불신이나 세상에
대한 무지도 같은 이유로 생겨날 수 있습니다.

우리가 스스로를 치유하고 정화할 때, 우리 몸은
집착의 매듭을 끊어 에너지장이 조화롭고 자유롭고
힘차게 움직이도록 허용합니다. 이렇게 나타나는 몸의
변화는 병이 호전되는 정도로 그치지 않습니다. 자기
자신을 믿게 되고, 사랑으로 충만해지고, 지혜를 향한
열망이 피어나는 등 무형의 내적 변화까지
이어지지요. 진실로, 몸과 마음은 분리되어 있지
않습니다. 그 둘은 우리의 의식이 지휘하는 바를
따라서 한 덩어리로 움직인답니다.

지나치게 오랫동안
자신의 창조성을 억누르면
정말로 당신의 몸이 나빠질 수도 있습니다

당신은 창조자로 태어났어요
생각만 하지 말고 밖으로 펼쳐내세요

나는 완전히 치유되지 못했지만
나는 언제나 지혜롭지도 않지만
나는 종착점에 다다르지 못했지만
중요한 것은 지금 내가
앞으로 가고 있다는 사실이에요

예전이라면 긴장됐을 상황에서

평화가 느껴지기 시작한 순간

나는 이것이 바른 길임을 확신했습니다

당신의 치유에 필요한 수단들을 직접 찾으세요

나 자신과의 관계가 더욱 깊어질 때마다
당신과의 관계도 더욱 깊고 충만해집니다

자신에게 악영향을
주는 것들을 물리칠 때마다
자신의 힘을 향해
한발 한발 나아갈 때마다
우리는 아름다운
사람으로 자라납니다

가장 암울한 순간에
당신 안의 고귀함을
발견하고 바라봐준
그 사람들을
잊지 마세요

"옳은 선택을 내리려면 어떡해야 하죠?"
마음을 고요히 하세요

"내가 진짜 평화로운지 어떻게 알 수 있죠?"
폭풍 속에서도 평화로운지 보세요

"이게 집착인지 아닌지 헷갈릴 땐 어떻게 하죠?"
집착에는 긴장이 따릅니다

"가장 위대한 혁명은 무엇인가요?"
가슴 속에서 이룬 혁명입니다

"우리가 가진 힘의 원천은 무엇인가요?"
스스로 미래를 바꿀 수 있다는 점입니다

당신 안의 불을 살리세요

당신 안의 공기를 정화하세요

당신 안의 흙을 고르세요

당신 안의 물을 소중히 여기세요

집처럼 돌봐야 할
내 몸을
그토록 오랫동안 방치해온
나 자신을 기꺼이 용서할 때
비로소 우리는
성장합니다

한 번의 생 속에서도 우리는
무수히 다시 태어날 수 있습니다

조금 더 많은 지혜,
조금 더 사랑을 향해 열린 가슴,
깊숙한 치유를 받아들일
마음을 가지고서
그녀는 앞으로 나아갑니다

나는 언제 어디서든
승리감과 해방감을 느낍니다
나는 내가 한 일로
또는 내가 가진 것으로
내 가치를 평가하지 않습니다

당신의 꿈과

당신의 치유를 지지해주는

동반자가 있다면

그는 값을 매길 수 없는 보석이자

사람의 모습으로 나타난 천국입니다

자신의 상처를
스스로 치유하고
다른 사람에게 그 방법을
알려주는 사람이
곧 영웅입니다

에고의 두려움을
지켜내는 것보다
자유로운 존재 상태가
더 중요해진 이후로
나는 진실을 말하기
시작했습니다

그녀의 재탄생은 경이로웠지요
그녀는 절망의 한복판에 있던
스스로를 끌어 올리고
꿈을 꼭 끌어안아
제 가슴에 새겨넣고는
자신의 의지와 비전이
고스란히 발현될 미래를 향해
걸어가기 시작했습니다

나는 내 안을 보기 위해
두 눈을 감았고
거기에서 터져 나오기 직전의
한 우주를 발견했습니다

내가 가진 혼란과 슬픔의 대부분은 내 안의 단절에서
비롯된 것이었습니다. 내 인생에서 최고의 여행은
나로부터 소외된 나를 찾아 없애고, 내 빛과 내
어둠을 연결하고, 알고 싶은 마음과 피하고 싶은
마음을 하나로 합친 경험입니다. 오직 이 진실하고
통합된 느낌만이 드디어 집에 돌아왔다는 깊은 안식을
내게 주었습니다.

행복을 향해서
자신을 몰아가는 태도는
순수하지도 유익하지도 않습니다

고요한 알아차림 속에서
모든 느낌을
있는 그대로 마주하는 것이
우리의 진짜 과제입니다

잊지 말기:

괜찮지 않아도 괜찮다면
당신은 성장한 것입니다

고난 속에서 허우적대는 것, 치유의 길에서는 우리가
놓아버릴 필요가 있는 해묵은 감정과 패턴이
솟아오르곤 한다는 사실을 아는 것, 이 둘 사이에는
엄청난 차이가 있습니다.

자신의 감정을 부추기거나 억누르지 않은 채 있는
그대로 존중하되, 지금 여기에 있는 그것이 결코
영원하지 않음을 분명히 아는 태도는 엄청난 힘을
발휘합니다. 우리 안에 폭풍이 몰아쳐도 끄떡없는
이런 고요한 공간이 생겨나면, 폭풍도 어찌 알고 더
빨리 물러간답니다.

자신에게 철저히 정직해지는 연습을 하면 할수록
인생이 안팎으로 모두 편해집니다. 정직함 없이는
자유로울 수 없고, 정직함 없이는 평화로울 수
없습니다.

치유는 엄청난 행복을 끝없이 누리기 위함이
아닙니다. 행복을 향한 집착도 우리를 제약하긴
마찬가지예요. 행복해야만 한다는 강박은 현실의
어려움을 인정하고 드러내는 대신 우리 존재 깊숙한
곳에 꽁꽁 숨겨두려 하기 때문에 늘 역효과를
불러옵니다.

자신을 치유하는 것은 우리를 제약하는 모든
고정관념을 내려놓자는 이 시대의 흐름에 동참하는
일이기도 합니다. 당연히 이 여정 중에는 즐거운
순간도, 힘든 순간도 있을 겁니다. 진정한 행복과
지혜는 잠깐의 지복감이 아니라 현실과 마주하는
경험을 통해 자라납니다.

내 몸 안의
사랑이 커질수록
내 몸도 그만큼
무해한 것이 됩니다

나란 존재가 늘 변화하는 이유는
어딘가 문제가 있어서가 아니라
성장과 변혁을 향해
열려 있기 때문입니다

시간 좀 걸릴지 모른다 해도
그건 중요한 문제가 아니에요
자신을 바라보는 치유 작업을
넉넉히 해온 덕분에
그녀는 이제 강인하고, 용감하며,
선한 마법을 부릴 만큼의
지혜도 가졌습니다
그녀는 이제 고통과 괴로움을
회피하지 않습니다
망상이 마음을 장악하게
방치하지 않습니다
자신 안의 조건 없는 사랑이
최고의 치유사임을 의심하지 않습니다

달님에게,

어둠 속에서 빛을 비추어주어 고맙습니다
나를 더 잘 알도록 도와주어 고맙습니다
이 땅에 시간과 마법을 선물해주어 고맙습니다
밤하늘의 별들을 이끌어주어 고맙습니다
당신은 아무 대가 없이
모든 것을 굽어살피는 어머니입니다

쉼 없이
성장하려 하는 사람을
나는 신뢰합니다

성장을, 자유를, 번영을
두려워하지 않는 사람은
환하게 빛납니다

치유의 동반자를 찾으세요

나는 깨지지 않을 사랑을 원해요

내가 불타오르면

물을 끼얹어줄 사람

내가 길을 잃으면

쉴 곳을 내줄 사람

내가 찾아 헤매는 영웅이

바로 나 자신임을

깨닫도록 도와줄

사람 말이에요

우리가 서로 바라는 마음을 거두고
주려는 마음에 초점을 맞춘 후로
진짜 사랑이 시작되었습니다

오늘날의 사랑에는 참 많은 조건이 붙는데, 그건
우리가 아끼는 사람들에게 완벽함을 바라고 있다는
뜻입니다. 우리는 가까운 사람들을 향한 우리의
기대나 희망이 그런 조건부 사랑임을 깨닫지 못하곤
해요. 다 그들 잘되라고, 그들 위해서 그러는 거라고
믿으니까요. 이렇게 우리는 우리가 내줄 수 있는 가장
순도 높고 강력한 형태의 사랑을 제한해버립니다.
각자 자신의 삶에서 무엇이 최선인지를 스스로
선택하도록 독려하는 이타적 사랑 말이에요.

우리가 사랑이라고 믿는 것들의 대부분은 집착과
기대에 불과합니다. 주는 데 초점을 맞추는 습관을
들이기는 결코 쉽지 않거든요. 내면의 힘이 필요하고,
반복 연습이 필요하고, 마음의 치유도 필요하고,
이타적 본성을 불러내어 그걸 나의 새로운 정체성으로
받아들여야 하지요. 그리하여 주는 데 초점이 맞춰진
사람들끼리는 특별한 조화 속에 머물게 됩니다.
섬세한 교감과 확장된 알아차림이 그들 서로의 행복을
든든히 지지하지요.

사람들은 걱정하곤 해요. "어떻게 해야 내 소망을 확실히 이뤄낼 수 있을까?" 하지만 어쩌면 다음의 질문이 더 필요한 건지도 몰라요. "소망을 이루려 애써왔지만 과연 그게 내게 행복을 가져다주었나?" 세상에서 가장 행복한 사람들은 마음속 조건화와 갈망을 정화하는 데 성공한 이들입니다. 그들은 품 넓은 사랑과 탁월한 공감력으로 아낌없이 주는 삶을 살아가지요. 그들은 깨어 있는 마음으로 내어주는 행위 속에서 늘 행복을 발견합니다.

우리 대부분은 마음의 완전한 해방으로부터 아직 멀리 있지만, 그럼에도 주는 것이 우리가 실천할 수 있는 가장 강력한 행위임을 아는 것은 대단히 중요합니다. 이건 단지 주변을 돕자는 말이 아니에요. 우리가 행한 모든 것이 어떤 형태로든 다시 우리에게 돌아온다는 자연의 법칙을 알고 지혜롭게 따르자는 거예요. 모두가 사심 없이 내어주려 한다면, 우리는 얼마나 많은 것을 받게 될까요.

그들의 말은 틀렸어요
이 괴로움, 이 골칫거리,
이 파괴적인 습관들은
결코 영원한 것이 아닙니다

왜냐고요?
가슴은 불로 만들어졌고
마음은 물로 만들어졌기에
그 본질상 늘 변화하니까요

치유를 향한 의지만 있다면
영혼 깊숙이 배어든 얼룩도 지울 수 있습니다

성장한 사람은 자기 내면에서
폭풍이 일어났음을 알아차리고
그것이 지나가는 동안 고요를 유지합니다

"사랑 속에서 산다는 건 무슨 뜻인가요?"

판단하려는 마음을 뛰어넘어 이 세상과 우리 자신을
연민의 눈으로 바라본다는 뜻입니다. 사랑의 지혜가
우리의 행동을 지휘하도록, 모든 존재를 이롭게
하려는 사려 깊은 분위기가 조성되도록, 우리의 모든
발걸음이 인류라는 대양을 평화롭게 만들도록
허용한다는 뜻입니다. 가슴을 열고 살아감으로써 그
선의와 온정이 모든 사람과 공유되도록 허용한다는
뜻입니다. 무언가를 하기에 앞서 "사랑으로써 이
상황을 치유하려면 어떻게 해야 할까?" 하고 자신에게
묻는다는 뜻입니다.

나는 서로를 경계하지 않아도 되는 세상,
사랑으로써 굴러가는 세상, 지구가
존중받는 세상, 모든 생명이 그 자체로서
귀히 여겨지는 세상에서 살고 싶습니다

자신을 알고자 하는 사람,
자신을 있는 그대로
마주하려는 사람,
자신을 포함한 모든 존재를
조건 없이 사랑하고자 노력하는 사람,
그런 사람이
전 인류의 평화에 공헌하는
영웅입니다

두 가지 진실:

자신을 진정으로 알고 사랑하는 사람은
타인에게도 악의를 품을 수 없다

지구가 우리를 떠받치고 보호하듯이
우리의 조건 없는 사랑이
지구를 치유하고 보살핀다

한 인간의 깊이는 대양과도 같습니다
비록 우리 대부분은 평생토록
그 표면밖에 모르고 살지만요

우리가 자신 안으로
깊숙이 다이빙하겠다 결심할 때
내적 진화라는 기적이 시작됩니다

한때는 끝이 없어 보이는
지독한 고통에 시달렸지만,
지금 내가 느끼는 평화가
가슴의 치유 능력을
증명하고 있습니다

나란 존재가 원한 것은 지혜였지만
나는 내내 지식만을
찾아 헤매며 살았습니다

내 마음을 채워줄 정보가,
논리와 근거가 필요한 게 아니라

내 존재를 채워줄 경험이,
자유와 치유와 통찰의 빛이
필요하단 걸 몰랐습니다

그러던 어느 날
문득 거울을 보았더니
수없이 많은 얼굴이 겹쳐 보였습니다
그때 나는 깨달았습니다
그 많은 생의 사연들이
내 몸에 저장되어 있는 정도가 아니라
정말로 내가 지금 그 모든 공간,
그 모든 시간 속에 동시다발로
존재하고 있다는 사실을요

재탄생:

사람들이
자신의 힘에 눈을 뜨고
자신의 자유를 향해
나아가기 시작하는 순간

내 사명은

지혜로써

내 마음을

치유하고

사랑으로써

내 몸을

정화하는 것입니다

온전한 자유와 행복을 위해서
필요한 만큼, 그게 몇십 번이라도
당신 자신의 변신을 허용하세요

나 자신 안으로 들어가는 일은 이렇게 요약될 수 있습니다. ─ 나 자신을 관찰하고, 거기서 발견한 것을 판단 없이 받아들이고, 그것을 실제로 놓아버리고 해방시킴으로써 새롭게 태어난다.

우리는 늘 변화하는 존재입니다. 단 그 변화의 방향을 스스로 선택하려면 치유에 주의를 기울여야 합니다. 그러면 자신의 힘을 적극적으로 회복할 수 있는 기회들이 주어집니다. 나 자신에 대해 알아갈 때마다 우리는 새로운 사람이 됩니다.

마음을 고요한 집중으로 이끄는 모든 방법은 우리를 짓누르던 낡은 짐을 벗겨내고 정화해줍니다. 그냥 자기 내면을 관찰하는 것만으로 충분한 경우도 있습니다. 하지만 요가의 명상법, 수행법처럼 검증된 기법을 통해서 자신을 발견해갈 때, 우리는 이 변화를 더욱 가속화할 수 있습니다.

물론 기법들마다 그 지향점은 서로 다릅니다. 하지만 힘들어도 해볼 만한 난이도에 실질적인 이로움까지 경험하게 해준다면, 그 기법은 지금 당신에게 알맞은 것입니다. 나중에는 더 깊은 치유를 위해 더 예리한 도구가 필요할지도 모르지만요. 마음 깊숙이 억눌린 것들을 치유하고 사랑이 들어갈 자리를 창조해내는 기법들은 우리 삶을 송두리째 바꿀 만큼 강력합니다.

때로 버거운 순간이 찾아오면, 지금 우리가 우리 가슴 속에 짓고 있는 것이 한낱 작은 집이 아니라 평화의 궁전임을 기억하세요. 그처럼 거대하고 아름다운 무언가를 완성하는 데는 당연히 의지와 노력이 필요하답니다.

자신을 바꾸고 싶더라도, 한 번에 모든 것을 해결하려
들지 마세요. 처음에는 몇 가지만 골라서 그것들에
집중하세요. 성공할 수밖에 없는 조건을 갖추어놓으면
오히려 실패하기가 더 어렵습니다.

한 번에 많은 것을 바꾸려다 보면 힘에 부치기
쉽습니다. 몇 가지를 먼저 변화시키고, 그 변화를
유지하고 삶 속에 적용하면서 새로운 긍정적 습관으로
뿌리내리게 하면, 그 경험이 장차 당신의 대대적인
변신에 튼튼한 토대가 되어줄 거예요. 승리할 수밖에
없는 조건을 갖출수록 변화의 속도는 점점 빨라지고,
그 추진력으로 우리는 더 높고 멀리 있는 목표에
성큼성큼 다가갈 수 있습니다.

목표:

지나침과
모자람
이 둘 사이에서
균형 잡기

놓아버리기는
가슴을 치료하는 약입니다

놓아버리는 습관을 들이려면
연습이 필요합니다

놓아버리기를 제대로 하려면
생각이 아니라 감정을 봐야 합니다

한순간 왔다가 가버리는 감정들에 매달릴 때 우리의
삶은 무거워집니다. 놓아버리기는 결코 쉬운 일이
아닌데, 우리가 할 줄 아는 것이 집착밖에 없을 때는
더욱 그렇지요. 놓아버리는 법을 배우지 못했기에,
우리는 이런저런 것들이 영원하기를 바라면서 고통의
순간을 길게 늘여버립니다. 우리는 삶의 아름다움이
변화 그 자체로부터 온다는 사실을 배운 적이
없습니다. 놓아버리기는 망각도 아니고 포기도
아닙니다. 그저 지금 이 순간의 행복이 과거의 일
또는 미래의 희망사항에 의해 깎여나가지 않게
지키는 거예요.

치유의 기적이라고 해서
색다른 비밀이 있는 건 아닙니다
오직 용기와 노력과 꾸준함이
우리를 비극에서 끌어내어
내적 평화로 이끌어줍니다

나는 이리저리 모아온

습관들 중에서

영원한 자유와 즐거움을 얻는 데

도움이 안 되는 것들을

버리기 시작했습니다

내 가능성을 최대로 발현하고 싶게
만드는 사람들과의 관계에
나는 점점 더 많은 시간을 씁니다

그녀의 사랑이 커질수록, 눈에 보이지 않는 것을
느끼고 영원의 지혜에 귀 기울이는 능력이
커졌습니다. 그 자유의 길은 순탄하지 않았고,
놓아버릴 것들도 여전히 남아 있었지만, 그녀의 몸
안에는 하나됨의 느낌이 확연히 자리 잡았습니다.
이제 그녀는 필멸과 불멸 사이의 싱그러운 땅에서
살아갑니다. 그녀는 그녀 가슴 안의 공간이 바로 이
지구의 가슴이자 이 우주의 가슴임을 느낄 수
있습니다.

~~나를 행복하게 만들어주어 고맙습니다~~

나 스스로 행복하도록 도와주어 고맙습니다

나는
고요할 때
가장
강한 힘을
발휘합니다

당신이 기꺼이
사양하게 된 것들이
성장하고자 하는
당신의 진실한 마음을
드러내 보여줍니다

주변이 혼란으로 가득할 때
가장 지혜로운 태도는
당신 안에 평화를 창조하는 것입니다

당신의 평화가 바깥을 비추어
새로운 조화가 이루어지게
도울 테니까요

우리는 두려움에 기반한 증오의 감정들이 수면으로
떠올라 완전히 해소되고, 제도화된 해악들이 더 이상
힘을 쓰지 못하는 새로운 세상이 창조되어가는, 아주
특별한 시대를 살아가고 있습니다. 이런 일이 각
개인과 인류 전체에 함께 일어나고 있지요. 파묻혀
있는 것은 치유될 수 없습니다. 자신의 어둠으로부터
도망치기만 한다면 결코 행복과 자유를 얻을 수
없어요.

개인적으로, 나는 여러분을 믿습니다. 조건 없는
사랑으로 가는 길의 장애물들을 발견하고 놓아버리기
위해 자기 내면을 들여다보려는 우리의 용기는 이
세상에도 조화로움과 평화를 가져올 거예요. 우리의
내면이 온전하고 사랑이 흘러넘칠 때, 우리 주변의
모든 것은 하나로 연결됩니다. 우리의 마음과 가슴이
일상의 괴로움에 반응하기를 멈출 때, 우리는 더
풍성한 지혜의 통로가 됩니다. 이것은 냉정함도
아니고 나 몰라라 하는 태도도 아닙니다. 우리는
자신을 괴롭히지 않으면서 삶의 필연적인 변화들에
대응하는 방법을 배우고 있습니다. 우리는 맹목적인
반응과는 정반대의 대응 방식을 배우게 될 것입니다.

세상은 이제야 어렴풋이 이해하기 시작했지만,
사람들은 서로에게 깊숙이 영향받습니다. 우리 자신을
치유하기 시작할 때, 우리는 과거에 치유된 이와
미래에 치유될 이 그 모두와 같은 파도를 타게
됩니다. 우리 자신을 치유해갈 때, 우리는 저마다의
치유 여정에서 도움을 필요로 하고 있는 이들에게도
힘을 보태주게 됩니다. 우리가 시공간을 초월하여
일으키는 파문은, 호수에 떨어진 돌멩이처럼 사방으로
멀리 퍼져나갑니다.

과거를 되짚어보니

그녀가 걸어온 길은

일자로 곧게

뻗어 있지 않았습니다.

자기 자신과 이 세상을

온전히 사랑하기 위한 그녀의 여정은

어디가 앞인지 뒤인지 헷갈리고,

구불구불하고, 빙 돌아가고,

때론 멈춰서야만 하는 것이었습니다.

하여 때때로 그녀는

자신의 잠재력과 변화 가능성을,

자신이 과연 성장하고 있는지를 의심했습니다.

하지만 이제 그녀는

경험에서 우러나온 지혜로써

과거의 그 모든 발걸음이

결국 자신을 지금 여기로

이끌어주었음을 압니다.

이 두 가지 요소가
당신을 근본적으로 변화시킵니다

새로운 일을
새로운 방식으로 해볼 용기

도망치거나 둘러대지 않고
자신을 마주하는 정직함

조건 없는 사랑을
표현하고
실천하는 사람은
우리 행성의
진정한 치유사이자
영웅입니다

interlude ———————————————— 막간

커다란 산 근처의 작은 마을에 한 여자가 살았습니다. 그녀는 그 정겨운 마을을 떠난 적이 없었어요. 마을 사람들은 모두 그녀의 친절함과 침착함을 칭찬했습니다. 그녀는 다른 사람들과 같은 일을 하며 평온하게 지냈습니다.

그녀가 날마다 고요히 앉아 몇 시간이고 내면을 관찰하는 모습을 보고, 몇몇 지인들은 그녀가 진실한 명상가임을 알게 되었습니다. 그들이 왜 그렇게 진지하게 명상을 하는지 묻자, 그녀는 간단히 이렇게 답했습니다. "저는 배우는 걸 좋아해요. 그리고 제게는 평화가 참 소중하거든요."

세월이 흐르면서, 그녀의 평온은 더욱 깊어졌고 그녀의 눈은 성자처럼 빛을 발했습니다. 하지만 그녀의 엄청난 변화를 눈치챈 사람들은 소수였습니다. 어느 날 그녀는 가까운 이들에게 자신이 곧 마을을 떠나 산꼭대기로 갈 것이라고 말했습니다. 떠나는 이유를 묻는 사람들에게 그녀는 또 간단히 답했습니다. "저 자신을 완전히 자유롭게 할 때가 되었어요." 그녀를 말리려는 사람도 있었지만, 대부분은 그녀를 신뢰했고 오히려 멀리 떠나는 것이 아니란 사실에 안도했습니다.

그리고 십여 년의 세월이 빠르게 흘러갔습니다.
그녀가 산으로 간 후로 마을이 더 평화롭고
풍요로워졌기에, 사람들은 그녀를 수호천사로 여기기
시작했습니다. 사람들은 그녀가 늘 저 위에서 좋은
기운을 보내주고 있다고 믿었습니다.

그녀에 대한 기억이 별로 없는 젊은이들에게 그녀는
살아 있는 전설 같은 존재였습니다. 그들은 완전한
자유를 얻은 사람의 가르침에 목말라 했습니다.
그들에게, 그녀가 궁극의 성취를 이뤘다는 것은 이미
기정사실이었습니다. 그들은 어릴 때 말고는 그녀를
본 적이 없기에, 대신 그녀를 만나러 산에 다녀왔다는
모험가들의 이야기를 경청했습니다. 그녀를 만나고 온
사람들은 한결같이 영감 어리고 젊어진
모습이었습니다.

어느 날 젊은이들은 용기를 내어 직접 그녀를 만나러
가보기로 결정했습니다. 그들은 그녀의 지혜를 나눠
받겠다는 희망을 품고서 질문거리를 추렸고, 여행에
필요한 짐을 챙겨 산으로 향했습니다.

다음에 나올 내용이 바로 이 젊은이들과
자유를 얻은 그녀 사이에서 오간 대화입니다.

그들이 물었습니다

"어떻게 자유로워지셨나요?"

그녀가 답했습니다

"나 자신의 힘을 받아들였습니다."

그들이 물었습니다

"나를 사랑한다는 것은 어떤 의미인가요?"

그녀는 답했습니다

"진정한 행복과 나 사이의 모든 장애물을 발견하고
해방시킨다는 의미입니다. 나의 모든 측면을, 특히
어둠 속에 있는 것이라면 더더욱, 사랑하고 존중하고
수용하는 것입니다. 판단하지 않고, 감추지 않고,
나 자신을 늘 관찰하는 것입니다. 기꺼이 자기 이해의
폭을 넓혀서 내면의 평화를 위한 지혜를 길러내는
것입니다."

그들이 물었습니다

"세상을 구할 열쇠는 무엇인가요?"

그녀는 답했습니다

"당신. 바로 당신이 그 열쇠입니다. 당신 자신을
이해하고, 치유하고, 온전하고 자유롭게 하세요. 조건
없는 사랑이 당신의 안과 밖으로 흐를 수 있도록 모든
장애물을 치워버리세요. 그러면 당신의 가슴에 천국의
문이 열릴 것이고, 당신은 더 이상 헤매지 않게 될
겁니다."

그들이 물었습니다

"왜 우리는 이처럼 많은 절망과
비극의 시대를 살고 있습니까?"

그녀는 답했습니다

"당신이 그것을 소명으로 받아들였기 때문입니다.
지상에서 영웅을 요청하면, 천상은 조건 없는 사랑을
키워서 퍼트릴 적임자를 내려보냅니다. 당신은 당신
자신을 치유하며 그 빛을 세상에 발하기 위해, 당신의
조화로움과 평화라는 선물을 세상에 내어주기 위해
여기에 왔습니다."

그들이 물었습니다

"당신은 부자입니까?"

그녀는 답했습니다

"그렇습니다. 오랜 시간이 걸렸지만, 알아차림과
고요함과 지혜라는 재료로 지은 궁전이 여기 내 가슴
안에 있습니다."

그들이 물었습니다

"무엇이 진정한 힘입니까?"

그녀는 답했습니다

"당신이 스스로 치유가, 영웅, 리더로서 거듭나
살아가는 것입니다. 그러려면 따스하고 평화로운
마음으로 당신의 진리를 나누어야 합니다. 당신이
당신 고유의 자유와 지혜 속에서 성장해갈 때 당신의
힘은 커집니다. 진정 힘 있는 자는 자신에게도
타인에게도 해를 끼치지 않습니다. 그는 오직 사랑의
에너지로써 모든 존재가 번영하도록 돕습니다."

self-love _____ 자기애

자기애가
출발점입니다
자기 자신과
모든 존재를 향한
조건 없는 사랑의 문을 열어주는
대체 불가능한 주인공입니다

자기애는 지나간 일들의
진심 어린 수용입니다

지금 주어진 것들을
최대한 활용하겠다는 유연함입니다

미래가 최선의 방식으로 펼쳐지도록
허용하겠다는 결심입니다

자기애는
다른 사람을
나처럼 사랑할 수 있게
힘과 지혜를 길러주는
자양분입니다

자기애는 자발적인 내적 진화의 양상입니다

자기 자신을 향한

정직함도

자기애의

한 측면입니다

자기애는
당신의 삶 속에
당신의 몸과 마음을 치유할
공간을 창조합니다

내가 남들보다
더 나은 사람이라는 생각과
자기애를 혼동하지 마세요

진정한 자기애는 당신의 모든 측면을,
특히 어두운 부분들까지도,
전부 받아들이는 것입니다

우리 자신을 더 많이 사랑할수록

우리 삶 속에 더 많은 풍요와 기적이 들어옵니다

자기애는 모든 장애물을 치워주는 힘이 있습니다

자기애를 통해 우리는 이 우주를 여행할 수 있습니다

자기애는 우리의 자유에 필요한 일들을
알아서 해줍니다

자기애는 자신의 과거사와 현재 상태를 인정하는
것으로 시작되지만 거기서 멈추지 않습니다. 자기애는
우리의 개인적 진화를 위해 쓰이는 에너지이자, 두
가지 핵심 지향점 — 있는 그대로의 나를 사랑하는
것과 이상적인 나로 스스로 변모해가는 것 — 사이의
교차점이자 균형점입니다. 이 두 지향점은 서로
반대되는 듯 보이지만, 둘 다 우리의 궁극적인 성취에
꼭 필요합니다. 자신을 받아들이지 못하면서 더
행복하고 자유로운 존재로 변모한다는 것은 지극히
힘든 일입니다. 왜냐하면, 미워하는 것은 바꾸거나
놓아버리기가 어렵기 때문입니다.

자기애는 우리 내면을 샅샅이 뒤져서 우리 행동과
감정에 영향을 미치는 잠재의식의 패턴들을
놓아버리도록 도와줍니다. 진정으로 자신을
사랑하려면 내 안으로의 여행이 자유의 길임을,
내면의 짐을 관찰하고 해방하는 것이 깨어 있는
경쾌한 삶으로 이끌어준다는 사실을 이해해야 합니다.
자기애는 에고를 강화하지 않습니다. 오히려 그
반대지요. 에고는 갈망을 일으키고, 갈망은 고통을
일으킵니다. 에고의 중심에 자리한 끝없는
갈망이야말로 자유로 가는 길에 놓인 최후의
장애물입니다.

진정한 자기애는
모든 존재를 향한
조건 없는 사랑으로
나아가는 관문입니다
이 말은 곧 이 세상에
자기애가 부족한 탓에
고통받고 있는 사람들이
참으로 많다는 뜻입니다

당신의
자기애는
이 지구를
치유하는
약입니다

당신의 자기애가
더 강해질수록
당신이 창조하는
변화의 흐름도
더 강해집니다

자기애의

미덕은

어떤 해악도 낳지 않는

조건 없는 사랑의 존재로

우리를

성장시켜준다는 것입니다

자신을 사랑할 때, 우리는 정직함을 길잡이 삼아 우리
내면으로 깊이 들어가는 용기와 주도권을 갖게
됩니다. 내 안으로의 여행은 자기 인식과 세상에 대한
이해, 한 인간으로서의 역량을 드높여 우리 존재를
변모시킵니다. 그리고 아름답게도, 우리 자신을 향한
연민이라는 새로운 감각은 더 멀리까지 확장됩니다.
연민은 다른 사람들의 삶을 향해서도 흐르고
꽃피우며, 꾸준히 가꿔지기만 한다면 모든 존재를
품는 경지까지 발전합니다.

쑥쑥 커가는 연민은 한계 없는 사랑의 중심점이자
원천이 되어줍니다. 모든 존재를 향한 조건 없는
사랑은 우리가 더 이상 다른 이들에 의해 시달리지
않도록 각자의 주도권과 주체성을 지켜줍니다.
이 무한한 사랑은 모든 존재 안에서 우리 자신을
발견하고, 그리하여 그것들이 왜 나타났는지를
명료하게 알게 하는 은총을 내려줍니다. 모든 존재를
다정하게 대하고, 모든 존재가 더 이상 고통받지 않는
삶을 살도록 도와줄 힘을 선물합니다.

조건 없는 사랑은 이 세상에 균형을 가져옵니다. 이 사랑이 촉발하는 앎은 고통의 원인을 이해하고, 그것을 제거하여 모든 존재가 내적 해방에 필요한 외적 자유를 획득하게 하는 작업으로 우리를 이끌어줍니다. 고통의 원인인 갈망과 맹목적 반응은 사랑과 친절함이라는 상위의 동기, 상위의 행동 원리로 대체될 수 있습니다. 이 세상이 이렇게 전환되려면 많은 이들이 내면 작업을 하여 자신을 스스로 치유해야 하고, 자기애가 건강히 숨 쉬며 조건 없는 사랑으로 확장될 수 있도록 충분한 공간을 만들어내야 합니다.

이 멋진 무아의 장이 더욱 확장될수록, 우리와 함께 온 세상이 변모할 것입니다. 지금 우리가 경험하는 불균형의 원천인 갈망에서 다 함께 벗어나게 될 것입니다. 우리가 조건 없는 사랑을 완벽히 실천해야만 세상이 바뀌는 것은 아닙니다. 우리의 사랑의 총합이 커질 때마다 미래는 계속해서 밝아지고 있습니다.

understanding ———————————— 이해

치유 작업은 당신에게 이런 것들을 요구합니다

더 많이 휴식하기
더 많이 자신을 사랑하기
더 많이 놓아버리기
새로운 나를 위해 더 큰 공간 만들기
내 감정에 더 솔직해지기
이로운 습관을 들이는 데 더 많은 시간 쓰기
새로운 삶의 방식들을 시도할 더 큰 용기 갖기
이 길을, 자기 자신을 더 굳게 믿기
내면의 평화를 기르는 데 더 많은 시간 쓰기

연습하여 완전히 익혀야 할 것들:

있는 그대로의 나를 조건 없이 받아들이기
나를 포함한 그 누구도 괴롭히지 않기
현실에 안주하지 않는 인내력
대가를 바라지 않고 내어주기

나는 당신을 행복하게
만들어줄 순 없지만
당신 스스로
당신의 행복을 창조하도록
온 힘으로
도울 수 있습니다

다른 사람이 나의 모든 문제를 해결해주고 내가
갈구하는 행복을 제공해줄 수 있다고 기대하는 것은
눈을 감은 채로 해돋이를 보겠다는, 강물에 손을
담그지 않고 목을 축이겠다는 마음과 같습니다. 다른
사람은 내게 주어진 시험지를 대신 풀어줄 수 없어요.
이 우주는 우리에게 깨달음과 능력을 주려고 하고
있기에, 우리 스스로 위대한 치유사가 되겠다는
태도가 가장 합리적입니다.

행복을 붙잡아둘 수는 없습니다. 열심히 노력해도,
최적의 환경을 만들어도, 행복은 왔다가 가버려요.
삶은 고요와 폭풍 사이를 오가며 흘러갑니다. 외부의
무언가가 우리를 괴롭히거나, 내면의 무언가가 자기를
발견하여 놓아달라고 떠오르지요. 우리 안에는 마음
깊숙이에서 이젠 놔달라고 툭툭 떠오르는 혐오와
갈망이 가득합니다. 왜 그럴까요? 그렇게 잔뜩 짐을
진 상태는 우리의 본성에 맞지 않으니까요. 우리는
사랑의 조화와 우주의 지혜에 열려 있는, 본래
경쾌하고 자유로운 존재입니다.

행복은 왔다가 가버리지만, 우리는 그 은총을 여한
없이 맛보고 누릴 능력이 있습니다. 그렇게 하려면,
나를 불완전한 존재로 만드는 것들을 발견하여
놓아버릴 수 있게, 나 자신과 더 깊은 관계를 맺는
작업에 제 몫을 해야 합니다.

내적으로 빠르게
성장해가는 중에는
충분한 휴식이 필요합니다

사랑은 이런 게 아닙니다

"네가 저걸 준다면
나는 이걸 줄 거야"

사랑은 이런 겁니다

"네가 빛이 나도록
나는 이걸 줄 거야"

집착과 달리, 진정한 사랑은 상처를 주지 않습니다

사랑은 고통을 일으키지 않습니다. 고통을 일으키는
것은 집착이지요. 어떤 대상이나 사람을 붙잡으려고
할 때, 또는 어떤 일이 입맛대로 되기를 바랄 때
우리는 집착하기 시작합니다. 그리고 뜻대로 되지
않으면 그 집착의 절규를 내면에서 느끼지요. 스스로
지어낸 그림과 나 자신을 더 깊이 동일시할수록
절규도 커집니다. 우리 마음이 붙잡고 있는 그림과
반대되는 상황이 일어날 때, 우리는 그 집착이 찢기고
부서지는 고통을 정말로 느낍니다.

집착은 사랑의 한 방식이 아닙니다. 조건 없는 사랑,
이타적인 사랑, 보답을 바라지 않는 사랑은 상위의
존재 상태여서 마음속에 집착이나 그림을 만들어내지
않아요. 그것은 철저히 비어 있는 상태예요. 기대하는
마음과 판단하는 마음도 미숙한 마음이 흔히
만들어내는 집착이어서 우리를 행복으로부터
떨어뜨려 놓습니다. 대부분의 사람들은 에고의 망상에
의해 마음의 빛이 가려져 있습니다. 에고는 눈앞의
모든 것을 분류하고, 분리하고, 이름 붙여 불만과
오해를 만들어냅니다.

모든 정신적 긴장은 놓아버리지 못하는 데서 옵니다

스트레스와 불안도 집착에서 비롯됩니다. 둘 다
우리를 현실이 아니라 공상으로 이끄는, 그리하여
평화를 잃게 하는 갈망이 표출된 것입니다.

원하는 것이 있으면 순수하게 존재하기 어렵습니다

평화는 당신에게 힘을 줍니다

증오는 당신의 공허를 드러냅니다

친절은 당신의 행복을 살찌웁니다

분노는 당신의 두려움을 드러냅니다

사랑은 당신을 자유롭게 해줍니다

나 자신을 발전시키는 방법:

1. 나의 직관과 친해지기

2. 직관의 안내를 용기 있게 따르기

내가 나 자신에게
이미 주어본 것만을
나는 당신에게
줄 수 있습니다

내가 나 자신을
이해하는 만큼만
나는 이 세상을
이해할 수 있습니다

제 가슴 안에 있는 지혜의 바다에서 헤엄치면서, 그녀는 모든 것이 자신의 일부이며 자신과 분리된 존재는 하나도 없음을 깊이 깨달았습니다. 그녀는 새로이 찾은 평화 속에서 가볍게 속삭였습니다. "나는 이 모든 것과 하나야." 이때 그녀는 자신을 사랑하는 능력이 자신의 가장 큰 힘임을 깨달았습니다.

온전함은

내 안에

어떤 거짓도

없을 때

주어집니다

내 삶을 개선하는 방법:

1. 자기애를 일순위로 둔다

2. 스스로 치유하는 법을 배운다

3. 매일의 치유 작업을 위한 공간을 만든다

4. 변하지 않는 것은 없음을 이해한다

5. 모두를 친절히, 다정히, 정직하게 대한다

나는
경쟁하기 위해
여기 오지 않았습니다

나는 성장하고
자유로워지기 위해
여기에 왔습니다

다른 사람과 경쟁하려 할 때마다 우리는 사실상 계속 패배하고 있는 셈입니다. 우리의 삶이 달리기 경주가 아니라 내적 평화와 지혜를 쌓아 올리기 위해 스스로 자처한 여행임을 까맣게 잊었다는 뜻이기 때문입니다. 에고의 망상에 휩쓸려서, 우리는 실재하지 않는 경쟁을 마음으로 지어냅니다. 그리고 '나', '나의 것'에 대한 집착과 결합된 사회적 위계는 성공이 아주 소수에게만 주어지는 시나리오를 창조해내지요.

경쟁에 기반한 세상은 인류가 고통 속에서 허우적댈 수밖에 없는 상황을 만들었습니다. 우리는 다른 사람을 밟고 올라서야만 승리하고 생존할 수 있다고 믿는데, 사실 이 시나리오에 순응하는 순간 스스로 나의 자유와 우리 모두의 자유를 포기하는 셈입니다.

이 주입된 습관들을 놓아버리는 것은 쉽지 않지만 꼭 해야 하는 일입니다. 경쟁을 통한 생존이라는 에고의 망상을 놓아버려야 평화와 안정을 얻을 수 있습니다. 사랑의 지혜는 소수가 아닌 전체의 행복을 위해 개인과 사회 모두가 재탄생해야 한다고 말해주고 있습니다. 사랑은 우리가 여기에 경쟁하러 온 것이 아니라, 서로의 성장과 행복을 돕기 위해 왔음을 일깨워줍니다.

조건 없는 사랑은 그 누구도 적으로 보지 않습니다

더 좋은 미래가 올 거라고
내가 믿는 이유는
조건 없는 사랑을
삶에서 몸소 실천하는
사람들이 있기 때문입니다

내가 얼마나 자유로운지
확인하고 싶다면
자신에게 물어보세요
"내 사랑의 경계선은
어디에 있지?"

모든 존재를
조건 없이 사랑하면서도
타인에 의해 고통받는 일은
더 이상 허용하지 않는
그런 삶의 길이
있습니다

두려움은 통제권을 원합니다
복수심은 고통을 연장합니다
적개심은 평화를 깨뜨립니다
연민은 치유를 가속화합니다
정직함은 짐에서 벗어나게 합니다
놓아버리는 것이 곧 행복입니다

내가
나 자신과
떨어져 있다면
결코 외로움은
사라지지
않을 겁니다

날마다 반복하기:

내가 마음으로 붙잡고 있는 이야기들에 귀 기울이기

긴장을 일으키는 이야기는 놓아주기

그저 반면교사의 역할로

당신 앞에 등장하는 사람들도 있습니다

모든 사람이 선생님이라고 해서, 모두가 바른 행동을
한다는 뜻은 아닙니다.

우리 자신도 주변 사람들에게 좋은 본보기일 때도
있고, 그렇지 않을 때도 있지요. 우리 자신의
불완전함을 인식하면 다른 사람들도 연민으로 대하게
되고, 모두를 동등한 존재로 바라보게 됩니다.

누군가 한번 그릇된 행동을 했다고 해도, 그가 또
그럴지 아닐지는 아무도 알 수 없습니다. 이와
비슷하게, 우리가 누군가를 나쁜 사람으로 인식했다
해서 그게 우리가 그보다 낫다는 증거는 되지
못합니다. 거의 대부분의 상황에서, 우리는 객관적이고
보편적인 시각을 취하는 데 필요한 정보들을 충분히
갖고 있지 못합니다.

그렇기에 우리 모두가 에고의 제한된 시야를 통해
살아가고 있는, 불완전한 존재임을 잊지 않는 것이
중요합니다.

엄격하고 고집스러운 분별심 없이, 그저 순수하게
다른 사람에게서 배우려고 하는 태도가 지혜의
표식입니다.

인간이라는
존재이기에
우리는 서로
용서하고
용서받을
기회를 갖습니다

내가 언제 완벽히 치유되고 자유로워질지
나는 모릅니다
하지만 자유와 치유의 느낌이
내 안에서 날마다 더 뚜렷해지고 있음을
나는 압니다

그녀는 탐험가입니다
자기 마음과 가슴 속으로
여행 가기를 두려워하지 않고
치유를 위한 새로운 공간을
발견할 준비가 되어 있으며
언제 어디서든
자각이 일어날 때마다
짐을 내려놓고 지혜를 가꿉니다

내가 경험한 바로는

자기 자신을

괴롭히지 않는

사람들이

가장 강한

사람들입니다

원하는 것을
놓아버리면
그게 제 발로
당신에게 옵니다

목표를 위해 노력하는 동시에 그것을 놓아버리라는
말은, 모순처럼 들리지만, 실제로 가장 빠른 길입니다.
놓아버리기는 포기하기가 아닙니다. 우리는 현실을 더
흡족하게 만들기 위한 노력과 지금 못 가진 것들에
의해 내 행복이 위축되지 않게 하는 태도를 우아하게
병행할 수 있습니다. 집착에 빠져 있을 때 우리는
불안하고 괴롭습니다. 집착은 우리 안에 긴장을
만들어내어 우리를 목표로부터 오히려 멀어지게
합니다.

물론 놓아버리는 법을 모르는 상태에서도 목표를
이뤄내는 경우가 있습니다. 하지만 그런 경우에는
얻은 것을 금방 잃게 되거나 그 성공이 오히려 독이
되곤 합니다. 자신의 내적 긴장을 깊숙이 살펴본 적이
없는 사람은 자신의 성공을 감사히 받아들이기가
어렵기 때문입니다.

과거와 미래로부터 자유로울 때 우리는 무엇을 얻게
될까요? 내면의 평화를 얻습니다. 외부 환경과
무관하게 내면에서 평화를 느낀다면 그 드높은 자유는
우리 삶에 축복, 기적, 성공을 끌어들입니다. 행복과
감사에는 끌어당기는 힘이 있습니다. 마음이 비워지면
장애물도 치워지기에, 새로운 것이 훨씬 더 쉽게
끌려옵니다.

물은 유연함과 힘을 가르쳐줍니다

땅은 견고함과 균형을 보여줍니다

공기는 지성과 용기의 노래를 불러줍니다

불은 활력과 성장을 느끼게 해줍니다

우리 마음은
정원과 같습니다
우리가 무엇을
심고 기르냐에 따라
경관이 완전히 달라지지요

사랑과 균형력이
충분히 강한 사람에게
나쁜 기운은
해를 끼치지 못합니다

때로 나도 모르게

예전으로 돌아가

뻔한 실수를 반복하게 되는 이유는

이제는 그럴 필요가 없음을

더 확실히 기억해두기 위해서입니다

나의 힘을
회복하려면
맹목적인 반응이 아니라
성숙한 대응을 위한
시간과 공간을
나에게 주어야 합니다

무엇이 필요한지 알고 있는
몸의 목소리에 귀 기울이세요
마음의 갈망 대신 몸의 요구를
당신의 건강 길잡이로 삼으세요

자신의 지혜와 내적 자각을
드러내 보이는
용기 있는
당신의 친구들,
그 특별한 사람들과
더 가까이 지내세요

이 우주는
스스로 자신을
치유해가고 있는
사람들을
힘껏 도와줍니다

평화로운 마음들이 모이면
평화로운 세상을
창조해낼 힘이
생겨납니다

마음이 복잡하고 어지럽다면
해방되길 원하는 무언가가
심연으로부터 떠오르는 중일 수 있습니다
심호흡하고, 긴장을 풀고, 그것을 놓아주세요

악의가 없는 상태가 정상입니다

나는 나의 두려움을
소중히 손에 들고서
고맙다고 말해주었습니다
그것이 그어놓은 한계선 너머에
행복이 있음을 가르쳐주었으니까요

자유로운
사람들은
자신 말고는
섬길 주인이
없습니다

세상은 이미 바뀌고 있지만 사회적, 경제적 억압
구조가 철폐되고 모든 사람이 제 권리를 누리고 사는
세상을 만들려는 이 변화에 기꺼이 동참할 필요가
있습니다. 또한 그만큼이나 탐욕, 증오, 두려움을 우리
내면에서 치유하는 작업도 중요합니다. 결국 그것들이
우리 삶의 혼란, 더 나아가 사회적 혼란의 진정한
뿌리니까요.

모든 사회는 그 구성원들의 신념, 동의, 선택이 모인
결과일 뿐입니다. 그들이 지지하는 것들이 모여
그들의 세상을 만들지요. 우리가 변화의 시나리오를
선택한다면, 남을 괴롭히는 것이 곧 나를 괴롭히는
일임을 깨닫기 시작한다면, 이것이 물은 마셔도 되고
독은 먹으면 안 된다는 것처럼 아주 자명한 사실임을
이해한다면, 우리는 아주 빠르게 새로운 세상으로
나아가게 될 것입니다.

쾌락으로는 가슴을 채울 수 없습니다
증오로는 안전을 확보할 수 없습니다
분노로는 자유를 획득할 수 없습니다
오직 사랑만이 빈 곳을 채웁니다
오직 사랑만이 공간을 창조합니다
오직 사랑만이 속박을 벗겨냅니다

사랑은
가장 강력하고
쓸모가 무궁무진한
마법입니다

사랑은
이 우주에서
가장 견고한
건축 재료입니다

사람들이
서로 주고받는
그런 사랑이 아니라
당신에게
스스로 치유할 힘을
세상을 바꿀 힘을
선물해주는
그런 사랑 말입니다

그들은 서로 상대를 충족시킬 수 없음을, 각자의
행복은 스스로 창조해야 함을 알고 있습니다.
그럼에도 그들의 신성한 결합에는 위대한 목적이
있습니다. 사랑받지 못했던 가슴의 긴장을 서로
녹여줄 만큼 충분히 사랑할 시간과 공간이 선물로
주어졌으니까요. 그들의 사랑이 다른 사람을 향하게
되더라도, 그건 끝이 아니라 새로운 시작이에요.
덕분에 그들은 각자 자신을 보살피고 치유하여
마음과 영혼을 강건하게 하고, 각자의 내면을
속속들이 여행하여 행복을 가로막는 모든 제약을
놓아버리고, 지혜와 앎의 샘에서 자유로이 함께
헤엄치게 될 테니까요.

"당신에게 힘이란 무슨 의미인가요?"

내적 평화의 견고함, 판단하지 않고 자신을 관찰하는 정직함, 자기 자신을 포함한 모든 존재를 향한 사랑의 무한함, 더 나은 존재로 변화하고자 하는 굳은 의지를 의미합니다.

용기

+

놓아버리기

+

자기애

=

의식의 확장

자신을 이해하고
치유하는 능력이
커질수록
이 세상도
더 속속들이 탐구하고
효과적으로
치유할 수 있습니다

사랑으로써 나를 치유하는 것은
시간이 걸리는 작업입니다

사랑으로써 세상을 치유하는 것은
시간이 걸리는 작업입니다

나는 더 많이 사랑함으로써 반란을 꾀합니다

사랑을 나의 전부가 아닌 일부, 모든 사람이 아닌
소수의 사람에게만 아껴 쓰라는 압력에 굴복할 때마다
우리는 우리 자신을 괴롭게 됩니다. 닫힌 사랑은
반드시 우리 안에 긴장을 일으키기 때문입니다.

우리는 현재의 경제구조를 떠받치는 전쟁의 일상화,
빈곤층의 증가, 온갖 폭력적 행태들과 그것들에
길들어버린 우리의 무관심에 항상 짓눌리고 있습니다.
그러므로 행복하기를 원할 때마다, 소위 우리는
죽어도 같이 죽고 살아도 같이 사는 존재임을 잊지
않는 것이 중요합니다. 우리 모두는 인류가 더 이상
자원을 놓고 경쟁하지 않는 세상, 싸우지 않아도
인간으로서 권리를 누릴 수 있는 세상에서 아직
살아본 적이 없습니다. 우리에게는, 의식적이든
무의식적이든, 다른 사람의 역경과 투쟁을 내 것처럼
생생히 느끼는 신기한 능력이 있어요. 에너지는
어디든 막힘 없이 흐르니까요.

우리의 눈과 가슴을 닫으라는 압력에 굴복할 때마다, 우리는 미래의 빛을 서서히 꺼뜨리게 됩니다. 단지 그것이 이 세상을 치유하겠다는 책임감을 받아들이는 것보다, 그러려면 나의 내면부터 치유하는 헌신적 노력이 필요함을 깨닫는 것보다 쉽다는 이유로 말이지요. 우리가 확보해갈 개인적 자유, 전 지구적 자유의 수준은 우리가 우리의 사랑을 얼마나 막힘 없이 시원하게 내보내느냐에 달려 있습니다.

달라이 라마는 이렇게 말했습니다. "연민은 우리 시대에 급진적인 것입니다." 정확한 지적입니다. 오늘 나는 더 많이 사랑함으로써 반란을 꾀합니다. 진정 우리가 서로를 가족으로 대하게 될 때, 전 지구적 평화가 정착될 것입니다.

이 땅에
이 물에
이 하늘에
사랑을 보내는 일을
잊지 마세요

"어떻게 해야 세상을 치유하는 데 보램이 될까요?"

나 자신을 치유하고
주변 사람들의 치유를 도와주세요.
사랑이 내 존재를 채우고
내 행동을 이끌도록 허용하세요.
고통이 더욱 늘어나는 길은
결코 바른 방향이 아님을 이해하세요.

관찰하세요.

받아들이세요.

놓아버리세요.

새로운 사람이 되세요.

혼돈 속에서 고요히 머물 수 있다면
진정한 힘을 얻은 것입니다

당신의 자유가
얼마나 커졌는지가
당신의 성공을
재는 척도입니다

마음의 영역은 우리 이성이 이해할 수 있는 것보다
훨씬 광대합니다. 우리가 감정과 기억과 생각을
인식하는 표면의식은 잠재의식에 비해 너무나
작습니다. 대부분은 바다에 고요히 잠겨 있고
꼭대기만 살짝 수면 위로 올라온 빙하와 같아요.
눈에 보이는 건 꼭대기지만, 잠겨 있는 몸통이 크기도
훨씬 크고 영향력도 훨씬 세어서 움직임을
주도하지요. 마음도 비슷하게 작동합니다. 정작 우리
자신은 거의 눈치채지 못하지만, 오랜 세월에 걸쳐
자리를 잡은 잠재의식의 반응 패턴이 우리의 일상
행동에 엄청난 영향을 미치고 있습니다.

그렇기에 그저 행동의 제약이 없는 것, 물리적 결핍이
해소된 것, 외부의 압력이 제거된 것을 자유라고 말할
수는 없습니다. 표면의식이 나는 자유롭다고 스스로
믿는 것만으로는 부족합니다. 표면의식이 그렇게
믿는다 해도, 잠재의식이 고통과 망상과 불행을
일으키는 반응 패턴을 끝없이 반복하고 있다면,
그 날뛰는 마음의 폭정 때문에 우리는 전혀 자유롭지
못하니까요.

우리가 마음의 치유와 훈련을 시작할 때, 그로써
움켜쥔 것을 놓아버리고 삶의 바다에 몸을 맡겨
고통에서 해방되는 법을 배울 때, 우리는
자유로워집니다. 우리 자신을 깊숙이 관찰하여
잠재의식에 똬리를 튼 집착과 자책을 놓아버릴 때,
우리는 자유로워집니다. 뭔가를 갈구하지만 않는다면,
우리는 매 순간 지금 여기에서 자유롭습니다.

과거의 무게, 미래의 갈망을 놓아버릴 때 우리의
마음은 정화됩니다. 내 행복이 내 소유물에 의해
좌우되고 있다면 더더욱 이렇게 해야 합니다. 에고를
투사하지 않고 지금 이 순간을 순수하게 관찰할 때,
우리 마음은 명석하고 정교하고 효율적으로
작동합니다. 자유는 내 안에서 얻어지는 것입니다.
자유는 습관입니다.

당신을 발견하세요

당신을 풀어주세요

목표들:

고요함을 늘리기
지혜를 기르기
자유를 확장하기
세상의 치유를 돕기

놓아버리기,
배우기,
확장하기 —
기쁘게도 이게 지금
내가 하고 있는 일들입니다

모든 존재에게 사랑을 보내며 기도합니다
모두가 본래의 힘을 회복하기를
모두가 그들 자신과 이 세상을 치유하기를
모두가 행복하고 자유롭기를

이 책을 작업하는 동안
나 자신과 어디까지 친해져야 하나
하는 의문이
제 안에 있었나 봅니다

어젯밤 설핏 깨었을 때
"영원히! 무한히!"라는
확고한 답이
문득 제 안에서 솟아났거든요

그와 동시에
흐뭇해하는 듯한
어떤 에너지가
격려라도 하듯
저를 적시고는
어디론가 흘러갔고요

"영원히! 무한히!"라니
막막하기만 한데
한편으로 홀가분한 느낌이
드는 이유는 무엇일까요

이 묘한 책을
저 역시 묘한 기분으로
우리의 세상에 내놓습니다

끝까지 읽어주셔서
진심으로 고맙습니다

옮긴이 김우종은 현재 정신세계사의 대표이다.

나는 나를 괴롭히지 않겠다
ⓒ 디에고 페레즈, 2018

융 푸에블로(디에고 페레즈) 지은 것을 정신세계사 김우종이 2022년 8월 10일 처음
펴내다. 이현율과 배민경이 다듬고, 변영옥이 꾸미고, 한서지업사에서 종이를,
영신사에서 인쇄와 제본을, 하지혜가 책의 관리를 맡다. 정신세계사의 등록일자는
1978년 4월 25일(제2021-000333호), 주소는 03965 서울시 마포구 성산로4길 6 2층,
전화는 02-733-3134, 팩스는 02-733-3144이다.

2022년 8월 10일 펴낸 책(초판 제1쇄)

ISBN   978-89-357-0458-3 03840

＊ 홈페이지 mindbook.co.kr   ＊ 인터넷 카페 cafe.naver.com/mindbooky

＊ 유튜브 youtube.com/innerworld   ＊ 인스타그램 instagram.com/inner_world_publisher